Stori, Stori, Hen Blant Bach

Argraffiad Cymraeg cyntaf: 2000

Cyhoeddwyd gyntaf ym Mhrydain yn 1999
gan Orchard Books, 96 Leonard Street,
Llundain EC2A 4XD.
Hawlfraint © Helen Craig 1999.
Haerwyd hawl moesol Helen Craig
dan Ddeddf Hawlfraint,
Dyluniadau a Phatentau 1988 i gael ei chydnabod
fel awdur ac arlunydd y llyfr hwn.

Teitl gwreiddiol: *The Orchard Nursery Story Book*

Hawlfraint y testun Cymraeg: Emily Huws ©

Dymuna'r cyhoeddwyr gydnabod cymorth Adrannau Cyngor Llyfrau Cymru.

ISBN 1 85902 826 8

Cyhoeddwyd gan Wasg Gomer, Llandysul,
Ceredigion SA44 4QL
Argraffwyd yn Dubai.

Stori, Stori, Hen Blant Bach

Addasiad Emily Huws

Casgliad o storïau traddodiadol wedi'u hailadrodd
a'u darlunio gan

Helen Craig

GOMER

Cynnwys

 Hugan Fach Goch
7

 Y Bachgen Bach Toes
17

 Y Trí Mochyn Bach
25

 Y Crochan Hud
33

 Yr Iâr Fach Goch
39

Cynnwys

Elen Benfelen

47

Siôn Ddiog

59

Y Tri Bwch Gafr

69

Cyw Clwc

77

Y Coblynnod
a'r Crydd

85

Hugan Fach Goch

Un tro, roedd geneth o'r enw Hugan Fach Goch ac roedd ei nain wedi gwneud clogyn coch a chap arno iddi, i'w chadw'n glyd ac yn gynnes pan fyddai'n mynd allan.

Mewn bwthyn tu draw i'r goedwig roedd Nain yn byw. Doedd hi ddim hanner da, ac roedd Hugan Fach Goch yn mynd â basgedaid o gacennau iddi.

"Cadw at y llwybr. Cymer di ofal, a phaid ti â siarad efo neb dieithr," siarsiodd ei mam.

"Iawn," addawodd Hugan Fach Goch.

I ffwrdd â hi drwy'r goedwig. Roedd hi'n ddiwrnod braf, yr haul yn tywynnu, yr adar yn canu a Hugan Fach Goch wrth ei bodd.

Ond cyn bo hir gwaniodd golau'r haul ac aeth y goedwig i gyd yn ddistaw, ddistaw. A phob hyn a hyn clywai Hugan Fach Goch ryw hen sŵn rhyfedd.

Siffrwd-sibrwd. Siffrwd-sibrwd. Gwasgodd Hugan
Fach Goch ei chlogyn yn dynn amdani.

Ymlaen â hi, ond roedd yr hen goedwig dywyll yn tywyllu
mwy bob munud, a'r coed yn tyfu'n fwy ac yn fwy. Teimlai
Hugan Fach Goch yn fychan, fychan, fach. *Siffrwd-sibrwd.*
Siffrwd-sibrwd. Cerddodd Hugan Fach Goch yn gyflymach.

Yn sydyn daeth at lannerch yn llawn blodau. "O! Fe gasgla i rai i Nain," meddai hi, gan anghofio'i hofn a rhybudd ei mam.

Symudodd o flodyn i flodyn nes roedd ganddi dusw mawr. Ond pan edrychodd o'i chwmpas welai hi ddim golwg o'r llwybr.

Dechreuodd grio.

"Wyt ti angen help?" gofynnodd llais o'r tu ôl iddi. Cododd Hugan Fach Goch ei phen a gweld blaidd â chynffon fawr flewog oedd yn *sibrwd-siffrwd, sibrwd-siffrwd* wrth symud.

"O! Ydw, os gwelwch chi'n dda," ochneidiodd Hugan Fach Goch. "Dydi Nain ddim hanner da a dwi'n mynd â'r cacennau yma iddi hi. Mewn bwthyn bychan tu draw i'r goedwig mae hi'n byw, ond erbyn hyn dwi ar goll."

"Wn i'n iawn ble mae'r bwthyn. Fedra i ddangos y ffordd iti," meddai'r blaidd, gan ofalu cuddio ei ddannedd miniog.

Aeth â Hugan Fach Goch at lwybr.

"Dyma'r ffordd i gartref dy nain," meddai, a diflannu i ganol y goedwig. *Sibrwd-siffrwd. Sibrwd-siffrwd.*

Wel, roedd y llwybr yma ddwywaith cyn hired â'r un roedd Hugan Fach Goch arno o'r blaen. Tra oedd hi'n mynd ar hyd y llwybr hir, troellog, brysiodd y blaidd ar hyd llwybr byrrach a chyrraedd bwthyn Nain o flaen Hugan Fach Goch.

Curodd y blaidd ar
ddrws y bwthyn. Roedd
Nain yn meddwl mai
Hugan Fach Goch oedd
yno a galwodd, "Cod
y glicied a ty'd i mewn,
'ngeneth i."

Pan welodd Nain y blaidd, llewygodd. Gwthiodd y blaidd hi o dan y gwely i'w bwyta'n nes ymlaen. Yna gwisgodd ei choban a'i chap nos sbâr ac aeth i'r gwely i aros am Hugan Fach Goch. Cyn bo hir fe gyrhaeddodd hi'r bwthyn a churo ar y drws.

"Cod y glicied a ty'd i mewn, 'ngeneth i," gwichiodd y blaidd mewn llais uchel.

Agorodd Hugan Fach Goch y drws ac aeth i mewn. Craffodd ar ei nain.

"O, Nain, dyna glustiau mawr sy gynnoch chi!" meddai Hugan Fach Goch.

"Gorau yn y byd i mi gael gwrando be sy gen ti i'w ddeud, 'ngeneth i," crawciodd y blaidd.

"O, Nain, dyna lygaid mawr sy gynnoch chi!" meddai Hugan Fach Goch.

"Gorau yn y byd i dy weld di, 'ngeneth i," chrechwenodd y blaidd.

"Ond Nain, dyna ddannedd mawr, erchyll sy gynnoch chi!" meddai Hugan Fach Goch.

"Gorau yn y byd i dy larpio di," chwyrnodd y blaidd, gan neidio allan o'r gwely i geisio dal Hugan Fach Goch.

Ond roedd hi'n rhy gyflym iddo a rhedodd allan drwy'r drws. Gwibiodd y blaidd rownd a rownd y bwthyn ar ei hôl hi.

Gwelodd coediwr oedd yn gweithio yn ymyl y bwthyn y blaidd yn ceisio dal Hugan Fach Goch. Rhuthrodd yno a tharo'r blaidd ar ei ben â'i fwyell.

Roedd yr holl sŵn wedi deffro Nain a daeth allan o dan y gwely. Cofleidiodd Nain Hugan Fach Goch, a chofleidiodd Hugan Fach Goch y coediwr ac yna eisteddodd y tri i lawr i fwynhau'r cacennau o fasged Hugan Fach Goch.

Y Bachgen Bach Toes

UN bore, roedd gwraig rhyw ffermwr wrthi'n pobi bara.
Roedd ganddi dipyn bach o does dros ben a
phenderfynodd wneud Bachgen Bach Toes i'w gŵr.
Gwnaeth ben gyda chwrens yn llygaid a thrwyn a cheg, ac
yna gwnaeth gorff gyda breichiau a choesau. Yna rhoddodd
o yn y popty i grasu.

"Dyna ogla da," meddai'r ffermwr pan ddaeth i'r tŷ.

Ac ar hynny clywyd llais bychan yn gweiddi o'r popty:
"Agorwch y drws imi gael dod allan!"

Cyn gynted ag yr agorodd gwraig y ffermwr ddrws
y popty, neidiodd y Bachgen Bach Toes allan. Rhedodd
drwy ddrws y gegin i'r buarth gan weiddi:

"Er ichi redeg nerth dwy goes,
Ddaliwch chi byth y Bachgen Bach Toes!"

Rhuthrodd y ffermwr a'i wraig ar ôl y Bachgen Bach Toes, ond lwyddon nhw ddim i'w ddal.

Rhedodd o heibio o dan drwyn y ci.

"Hei! Aros!" cyfarthodd y ci. "Dwi'n siŵr y byddai blas da arnat ti."

Ond rhedodd y Bachgen Bach Tocs yn gyflymach gan weiddi:

"Er ichi redeg nerth dwy goes,
Ddaliwch chi byth y Bachgen Bach Toes!"

A lwyddodd y ci ddim i'w ddal.

Rhedodd y Bachgen Bach Toes heibio i'r ieir ar y buarth.

"Hei! Aros!" clwciodd yr ieir. "Byddai'n braf cael tipyn o friwsion i'w pigo."

Ond rhedodd y Bachgen Bach Toes yn gyflymach, ac wrth redeg roedd yn canu:

"Er ichi redeg nerth dwy goes,
Ddaliwch chi byth y Bachgen Bach Toes!"

A lwyddodd yr ieir ddim i'w ddal.

Rhedodd y Bachgen Bach Toes heibio i fuwch yn y cae.

"Hei! Aros!" brefodd. "Fe wnaet ti damaid bach blasus."

Ond rhedodd y Bachgen Bach Toes yn gyflymach, ac wrth redeg roedd yn canu:

> "Er ichi redeg nerth dwy goes,
> Ddaliwch chi byth y Bachgen Bach Toes!"

A lwyddodd y fuwch ddim i'w ddal.

Yna, pwy ddaeth i'w gyfarfod ond y llwynog coch. "Wel, wel, pam wyt ti'n rhedeg, 'ngwas i?" gofynnodd y llwynog.

"O," atebodd y Bachgen Bach Toes yn llanc i gyd, "dwi'n rhedeg o flaen y ffermwr a'i wraig, y ci a'r ieir a'r fuwch, a does 'run ohonyn nhw'n medru fy nal i." A chanodd ei gân:

> "Er ichi redeg nerth dwy goes,
> Ddaliwch chi byth y Bachgen Bach Toes!"

Ond wnaeth yr hen lwynog cyfrwys ddim ceisio'i ddal. Wnaeth o ddim byd ond dilyn y Bachgen Bach Toes yn ddistaw bach wrth iddo redeg yn ei flaen. Pan gyrhaeddon nhw'r afon, stopiodd y Bachgen Bach Toes yn stond.

"Sut medra i groesi'r afon?" gofynnodd.
"Helpa i di," cynigiodd y llwynog cyfrwys. "Neidia
ar fy nghynffon i ac fe a' i â thi i'r ochr arall."

Felly dringodd y Bachgen Bach Toes ar gynffon y llwynog a dechreuodd y llwynog nofio ar draws yr afon.

Wedi iddyn nhw fynd dafliad carreg o'r lan, meddai'r hen lwynog, "Rwyt ti'n rhy drwm i 'nghynffon i, Fachgen Bach Toes. Fedri di ddringo ar fy nghefn?"

Felly dringodd y Bachgen Bach Toes ar gefn y llwynog. Wedi iddyn nhw fynd ymlaen rhyw ychydig bach pellach, meddai'r llwynog, "Rwyt ti'n rhy drwm i 'nghefn i, Fachgen Bach Toes. Fedri di ddringo ar fy nhrwyn?"

Felly dringodd y Bachgen Bach Toes ar drwyn y llwynog.

O'r diwedd fe gyrhaeddon nhw ochr draw'r afon.
Roedd y Bachgen Bach Toes ar fin neidio i lawr oddi ar
drwyn y llwynog, pan . . .

agorodd y llwynog ei geg led y pen a'i lyncu bob tamaid – iym, iym – a dyna oedd diwedd y Bachgen Bach Toes.

Y Tri Mochyn Bach

UN tro roedd tri mochyn bach, a phob un eisiau codi tŷ iddo'i hun. Casglodd y mochyn bach cyntaf bentwr o wellt. "Fe wna i dŷ ardderchog efo hwn," meddai.

Erbyn iddo orffen, roedd ei fwthyn bach gwellt yn edrych yn ddigon o sioe, ac aeth y mochyn bach i mewn iddo. Roedd o newydd wneud paned o de iddo'i hun pan glywodd lais 'rhen flaidd mawr cas y tu allan.

"Os gweli di'n dda, ga i ddod i mewn 'rhen fochyn bach?" galwodd y blaidd mewn llais clên, clên.

"Na chei, chei di ddim," atebodd y mochyn bach yn bendant.

"Felly mi chwytha i ac mi chwytha i ac mi chwytha i dy hen dŷ di yn rhacs jibidêrs," chwyrnodd y blaidd.

"Croeso iti roi cynnig arni," meddai'r mochyn bach, gan feddwl yn siŵr ei fod yn ddiogel braf yn ei fwthyn bach gwellt ardderchog.

Felly chwythodd y blaidd; chwythodd a chwythodd a chwythodd y bwthyn bach gwellt yn rhacs jibidêrs.

"O! Help! Help! Help!" gwaeddodd y mochyn bach, a rhedeg adref nerth ei draed yn ôl at ei fam.

"Fe wnest ti gamgymeriad mawr," meddai'r ail fochyn bach wrth ei frawd. "Fe goda i dŷ brigau ac fe gei di ddod i fyw efo fi."

Felly casglodd yr ail fochyn bach bentwr mawr o frigau. "Fe wnaiff y rhain dŷ ardderchog," meddai.

Erbyn iddo orffen, edrychai ei dŷ brigau yn ardderchog, ac aeth i fyw yno. Roedd o newydd eistedd i lawr i fwyta darn mawr o darten afal pan glywodd sŵn 'rhen flaidd mawr cas y tu allan.

"Os gweli di'n dda, ga i ddod i mewn, 'rhen fochyn bach?" galwodd y blaidd mewn llais clên, clên.

"Na chei, chei di ddim," atebodd yr ail fochyn bach yn bendant.

"Felly mi chwytha i ac mi chwytha i ac mi chwytha i dy hen dŷ di yn rhacs jibidêrs," chwyrnodd y blaidd.

"Croeso i ti roi cynnig arni," meddai'r mochyn bach, gan feddwl yn siŵr ei fod yn ddiogel braf yn ei dŷ brigau cadarn.

Felly chwythodd y blaidd; chwythodd a chwythodd a chwythodd y bwthyn bach brigau yn rhacs jibidêrs.

"O! Help! Help!" gwaeddodd y mochyn bach a rhedeg nerth ei draed yn ôl adref at ei fam.

Ddywedodd y trydydd mochyn bach 'run gair o'i ben, ond drwy'r adeg roedd o wedi bod yn gwylio'n ofalus ac yn meddwl yn galed. Roedd ganddo gynllun.

Aeth i'r ganolfan adeiladu a phrynodd lwyth mawr o frics
a bagiau o sment, ffenestri cadarn a drws cadarnach fyth, ac yna
cododd dŷ gyda lle tân a simnai solet. A'r tu allan, yn yr ardd,
roedd 'rhen flaidd yn cuddio, ac yn sbecian . . . ac yn aros.

O'r diwedd roedd y tŷ wedi ei orffen, a gofynnodd y trydydd
mochyn bach i'w ddau frawd ddod yno i ddathlu.

"Dewch â chrochan Mam efo chi," meddai. "A chofiwch ddod â'r caead hefyd."

Llenwodd y moch bach y crochan efo dŵr a'i roi ar y tân i ferwi. Ac eisteddodd y tri i lawr i fwyta'r gacen ffrwythau roedd eu mam wedi ei hanfon iddyn nhw. Yna, beth glywson nhw ond 'rhen flaidd mawr cas tu allan.

"Ga i ddod i mewn, 'rhen foch bach?" gofynnodd mewn llais clên, clên.

"Na chei, chei di ddim," atebodd y trydydd mochyn bach yn bendant.

"Felly mi chwytha i ac mi chwytha i ac mi chwytha i dy hen dŷ di yn rhacs jibidêrs," chwyrnodd y blaidd.

"Croeso i ti roi cynnig arni," atebodd y trydydd mochyn bach yn dawel, dawel.

Chwythodd yr hen flaidd. Chwythodd a chwythodd, ond lwyddodd o ddim i chwythu'r tŷ bach brics hwnnw i lawr.

Felly ceisiodd dorri'r drws i lawr, ond roedd yn gadarn ac wedi ei gloi'n ddiogel, ac roedd clo ar y ffenest hefyd. Yna, cofiodd y blaidd am y simnai.

"Fe lowcia i'r tri ohonoch chi efo'i gilydd!" chwyrnodd.

Clywodd y tri mochyn bach 'rhen flaidd mawr cas yn crafangio
i fyny ar y to.

Ond doedd y trydydd mochyn bach ddim yn poeni.

Gofalodd fod y tân yn llosgi'n wenfflam a'r dŵr yn y crochan

yn berwi'n ffyrnig fel roedd 'rhen flaidd yn dechrau dringo
i lawr y simnai.

"Ty'd 'laen! Brysia i'n nôl ni!" galwodd y trydydd mochyn
bach arno.

"Fe larpia i chi bob tamaid!" chwyrnodd y blaidd, ond am ei
fod ar gymaint o frys, baglodd a syrthio i lawr y simnai ac ar ei
ben i ganol y dŵr berwedig yn y crochan.

Sodrodd y trydydd mochyn bach y caead ar ei ben, a dyna
oedd diwedd 'rhen flaidd mawr cas.

"Wel, sôn am lanast!" meddai'r trydydd mochyn bach wrth ei
frodyr. "Dowch 'laen, well inni glirio ac wedyn fe gawn ni de."

A dyna wnaethon nhw, a byth wedyn bu'r tri mochyn bach yn
byw yn ddiogel gyda'i gilydd yn y tŷ brics bychan.

Y Crochan Hud

E FO'I mam roedd Elin yn byw. Doedd ganddi neb arall ac roedd y ddwy ar lwgu gan nad oedd arian i brynu bwyd.

"Mi a' i i'r goedwig i chwilio am aeron," meddai Elin. Ond chafodd hi 'run o gwbl. "O! Beth ddaw o Mam a finna?" meddai'n ddigalon wrthi'i hun. Ar hynny daeth hen wraig fach heibio.

"Dwi wedi bod yn cadw llygad arnat ti ers tro byd," meddai'r hen wraig, "a dwi'n gwybod dy fod ti mewn dipyn o helbul. Felly, dyma anrheg i ti." Tynnodd grochan bychan, du allan o blygion ei chlogyn.

"Dim ond iti roi'r crochan yma ar y tân a dweud, 'Berwa, grochan bychan,' ac fe fydd yn gwneud cawl bendigedig. Wedi iti gael digon, dim ond iti ddweud 'Dyna ddigon, grochan bychan,' ac fe fydd yn ufuddhau iti."

Diolchodd Elin i'r hen wraig a rhedodd adref nerth ei thraed gyda'r crochan bychan, du. Roedd o'n gweithio! Cafodd ei mam a hithau dair llond powlen bob un o gawl tomato hynod o flasus.

Ac roedd y crochan bychan yn gwneud cawl gwahanol bob dydd. Fu Elin a'i mam ddim yn llwglyd wedyn.

Un diwrnod roedd yn rhaid i Elin fynd i'r farchnad. Amser cinio roedd ei mam eisiau cawl.

Felly rhoddodd y crochan ar y tân a dweud, "Berwa, grochan bychan."

Cyn bo hir roedd hi'n bwyta cawl llysiau blasus iawn.

Wedi iddi gael digon, dywedodd, "Diolch yn fawr." Ond roedd y crochan yn dal i ffrwtian.

Meddai hi, "Fedra i ddim bwyta mwy, diolch iti."

Dal ati i ffrwtian berwi wnaeth y crochan.

"Mae hynna'n hen ddigon!" meddai hi'n biwis.

Ond chymerodd y crochan bychan ddim pwt o sylw a daliodd ati i ffrwtian nes i'r cawl ferwi dros y llawr i gyd. Rhedodd mam Elin allan o'r tŷ. Berwodd y cawl yn gynt ac yn gynt a'i dilyn hi allan o'r tŷ.

Llifodd i lawr y bryn ac i'r pentref. Dringodd pobl i ystafelloedd uchaf eu cartrefi o flaen yr afon o gawl. Neidiodd rhai eraill i gychod a dechrau codi'r cawl mewn jygiau a sosbenni. Yn y bwthyn ar ben y bryn, roedd y crochan bychan yn dal i ferwi.

Pwy oedd ar ei ffordd adref ond Elin. Beth welodd hi'n dod i'w chyfarfod ond yr afon o gawl. Sylweddolodd yn syth bìn beth oedd wedi digwydd. Dringodd i ben y goeden agosaf ati a gweiddi nerth esgyrn ei phen:

"DYNA DDIGON, GROCHAN BYCHAN!"

Yn y bwthyn ar ben y bryn, clywodd y crochan bychan y gorchymyn a rhoi'r gorau i ferwi.

Llifodd yr afon gawl allan o'r pentref a heibio'r goedwig. Gwnaeth yr anifeiliaid eu gorau glas i'w yfed i gyd a bu pobl y pentref wrthi am hydoedd yn glanhau eu cartrefi.

Byth ar ôl hynny gofalodd Elin ei hun am y crochan bychan, a fu hi a'i mam byth yn llwglyd wedyn. A doedd ganddyn nhw byth ormod o gawl chwaith.

Yr Iâr Fach Goch

Uʰ bore braf roedd yr Iâr Fach Goch wrthi'n crafu yn ei gardd yn chwilio am drychfilod a hadau yn fwyd i'w chywion bach, pan welodd dywysennau gwenith.

"Mae yna dipyn go lew o hadau gwenith yma. Yn lle eu bwyta nhw, mi blanna i nhw. Pwy ddaw i'm helpu i?" gofynnodd yr Iâr Fach Goch.

"Ddo i ddim," meddai'r ci, oedd yn hepian yn ddiog yn yr haul cynnes.

"Ddo i ddim," meddai'r gath, oedd yn cysgu yn y cysgod.

"Ddo i ddim," meddai'r mochyn, yn gorwedd ar ei wely gwellt.

"Wel wir, fe fydd yn rhaid i mi wneud y gwaith fy hun," meddai'r Iâr Fach Goch, a dechrau arni ar unwaith.

Palodd yr Iâr Fach Goch y pridd a'i gribinio. Plannodd yr hadau gwenith a'u dyfrio. Yna arhosodd. O dipyn i beth, tyfodd yr hadau yn dywysennau hir o wenith melyn, aeddfed.

"Mae'n amser medi'r gwenith," meddai'r Iâr Fach Goch. "Pwy ddaw i'm helpu i i'w dorri?"

"Ddo i ddim," meddai'r ci, gan droi drosodd a mynd yn ôl i gysgu.

"Ddo i ddim," meddai'r gath, gan ymestyn ac agor ei cheg yn fawr, faaawr.

"Ddo i ddim," meddai'r mochyn, gan agor un llygad a'i gau eto.

"Wel wir, fe fydd yn rhaid i mi wneud y gwaith fy hun, felly," meddai'r Iâr Fach Goch, a dechrau arni ar unwaith.

Torrodd y gwenith â chryman miniog ac yna fe'i dyrnodd nes roedd ganddi lond sach o hadau euraid.

"Mae'n rhaid mynd â'r grawn i'r felin i'w malu'n flawd," meddai'r Iâr Fach Goch. "Pwy ddaw i'm helpu i i'w cario yno?"

"Ddo i ddim," meddai'r y ci, a gorweddian yn ddiog ar y glaswellt.

"Ddo i ddim," meddai'r gath, a sleifio i'w chornel glyd.

"Ddo i ddim," meddai'r mochyn, a gwthio i ganol y gwellt i swatio yn ei dwlc.

"Wel wir, fe fydd yn rhaid i mi wneud y gwaith fy hun, felly," meddai'r Iâr Fach Goch, a dechrau arni ar unwaith.

Cododd y sach ar ei chefn a cherddodd yr holl ffordd i'r felin.

Rhoddodd y melinydd y grawn gwenith euraid rhwng cerrig mawr y felin a'u malu'n flawd mân, mân, a rhoi hwnnw mewn sach glân, newydd i'r Iâr Fach Goch.

Cariodd yr Iâr Fach Goch y sach drom o flawd yr holl ffordd adref.

"Mae'n amser gwneud cacen," meddai'r Iâr Fach Goch. "Pwy ddaw i'm helpu i?"

"Ddo i ddim," meddai'r ci diog.

"Ddo i ddim," meddai'r gath gysglyd.

"Ddo i ddim," meddai'r mochyn grwgnachlyd.

"Wel wir, fe fydd yn rhaid i mi wneud y gwaith fy hun, felly," meddai'r Iâr Fach Goch, a dechrau arni ar unwaith.

Estynnodd y llefrith a'r menyn, yr wyau a'r siwgr a'r ffrwythau sych. Cymysgodd bopeth gyda'i gilydd a phobi cacen fendigedig.

Llifodd yr arogl crasu hyfryd allan i'r ardd.
"Mae'r gacen yn barod. Pwy ddaw i'm helpu i i'w
bwyta hi?" gofynnodd yr Iâr Fach Goch.

"Ddo i," meddai'r ci, gan ysgwyd ei gynffon.

"Ddo i," meddai'r gath, gan lyfu ei gweflau.

"Ddo i," meddai'r mochyn, yn farus i gyd.

"Wel, chewch chi ddim!" meddai'r Iâr Fach Goch. "Fe wrthodoch chi i gyd fy helpu i i blannu'r gwenith ac i ofalu amdano. Gwrthod fy helpu i i'w dorri ac i fynd ag o i'r felin wnaethoch chi hefyd. Fe wrthodoch chi fy helpu i i wneud y gacen, hyd yn oed. Fi, felly, fydd yn bwyta pob briwsionyn ohoni."

A dyna wnaeth hi hefyd, gyda thipyn o help gan ei chywion bach.

Elen Benfelen

AMSER maith yn ôl, roedd geneth fach o'r enw Elen Benfelen yn byw gyda'i thad a'i mam ar gwr y goedwig.

Byddai'n swnian o hyd ac o hyd: "Pryd ca i fynd i'r goedwig?" Ac ateb ei rhieni bob tro fyddai, "Rwyt ti'n rhy ifanc. Un diwrnod pan fyddi di dipyn bach yn hŷn, fe awn ni â thi yno."

Ond roedd Elen Benfelen wedi blino aros, a sleifiodd i'r goedwig pan nad oedd neb yn edrych. Ar y dechrau, roedd hi wrth ei bodd yn rhedeg yn ôl ac ymlaen drwy'r coed, ond yn fuan iawn sylweddolodd ei bod ar goll.

Roedd arni hi ofn na fyddai hi byth yn llwyddo i ddod o hyd i'r ffordd yn ôl adref. Yna, drwy'r coed, gwelodd fwthyn bychan.

"O! Diolch byth! Mi fedra i ofyn i rywun am help," meddai wrthi'i hun.

Tair arth oedd yn byw yn y bwthyn. Roedd un yn Arth Anferth, un yn Arth Fawr, ac un yn Arth Fach. Roedd ganddyn nhw feddwl y byd o'u bwthyn bach, ac roedd pobman yn dlws ac yn daclus fel pìn mewn papur yno.

Roedd yr Arth Anferth newydd wneud sosbenaid fawr o uwd chwilboeth, ac wedi ei dywallt i'w powlenni.

"Mae'r uwd yn rhy boeth i'w fwyta ar y funud," meddai yn ei lais mawr, dwfn. "Dowch am dro tra bydd yn oeri."

Fel roedd y tair arth yn gadael, cyrhaeddodd Elen Benfelen ochr arall y llannerch.

Aeth at y bwthyn a chanu'r gloch. Chafodd hi ddim ateb. Curodd ar y ffenest. Atebodd neb. Felly gwthiodd y drws, ac fe agorodd. I mewn â hi.

Roedd arogl bendigedig ar yr uwd yn y powlenni. "Dwi ar lwgu," meddai Elen Benfelen. "Ond dim ond mymryn bach gymera i."

I ddechrau, cymerodd lwyaid o fowlen anferth yr Arth Anferth, ond roedd yn rhy boeth.

Yna cymerodd lwyaid o fowlen fawr yr Arth Fawr, ond roedd yn rhy oer.

Yna cymerodd lwyaid o fowlen fechan yr Arth Fach. Doedd o ddim yn rhy boeth nac yn rhy oer, ac am ei bod hi ar lwgu, bwytaodd y cyfan, bob tamaid!

Erbyn hyn, teimlai Elen Benfelen yn flinedig iawn.

I ddechrau, eisteddodd yng nghadair freichiau anferth yr Arth Anferth, ond roedd hi'n rhy feddal.

Yna eisteddodd yng nghadair fawr yr Arth Fawr, ond roedd hi'n rhy galed.

Yna eisteddodd yng nghadair siglo'r Arth Fach. Roedd hi'n berffaith. Siglodd yn ôl ac ymlaen nes – **CLEC!** torrodd gwaelod y gadair.

Aeth Elen Benfelen i fyny'r grisiau i ystafell wely daclus yr eirth.

I ddechrau, gorweddodd ar wely anferth yr Arth Anferth, ond roedd y gobenyddion yn rhy uchel.

Yna gorweddodd ar wely mawr yr Arth Fawr, ond roedd y gobennydd yn rhy isel.

Yna gorweddodd ar wely bychan yr Arth Fach. Roedd yn berffaith, a syrthiodd i gysgu'n drwm.

Cysgodd yn drwm, drwm, a chlywodd hi mo'r tair arth yn dod adref. Cododd yr Arth Anferth ei drwyn i'r awyr i synhwyro. "Mae rhywun wedi bod yma," meddai.

Gwelodd y tair arth y llwyau yn y bowlenni uwd.

"Pwy sydd wedi bod yn bwyta fy uwd i?" gofynnodd yr Arth Anferth.

"Pwy sydd wedi bod yn bwyta fy uwd i?" gofynnodd yr Arth Fawr.

"A phwy sydd wedi llowcio fy uwd i bob tamaid?" gwaeddodd yr Arth Fach.

Yna sylwodd y Tair Arth fod clustogau'r cadeiriau breichiau yn flêr.

"Pwy sydd wedi bod yn eistedd ar fy nghadair i?" chwyrnodd yr Arth Anferth.

"Pwy sydd wedi bod yn eistedd ar fy nghadair i?" cwynodd yr Arth Fawr.

"A phwy sydd wedi bod yn eistedd ar fy nghadair fach i ac wedi ei THORRI hi?" gwichiodd yr Arth Fach.

Rhedodd y tair arth i fyny'r grisiau a gweld y gwelyau blêr.

"Pwy sydd wedi bod yn cysgu yn fy ngwely i?" rhuodd yr Arth Anferth. Cysgodd Elen Benfelen gan freuddwydio am daranau.

"Pwy sydd wedi bod yn cysgu yn fy ngwely i?" chwyrnodd yr Arth Fawr. Breuddwydiodd Elen Benfelen fod gwynt cryf yn chwythu.

"Edrychwch pwy sydd wedi bod yn cysgu yn fy ngwely i ac sydd yno o hyd!" gwichiodd yr Arth Fach. Deffrodd ei lais main, treiddgar Elen Benfelen ar unwaith.

Dychrynodd am ei bywyd. Sgrialodd o'r gwely, neidiodd allan drwy'r ffenest a llithro i lawr y to uwchben y drws i'r ddaear islaw.

Rhedodd a rhedodd a *rhedodd* nes y clywodd leisiau'n galw ei henw. Ei thad a'i mam oedd yno, yn chwilio amdani. Roedden nhw mor falch o'i gweld nes eu bod wedi anghofio dweud y drefn wrthi am fynd i'r goedwig ar ei phen ei hun. Dyna falch oedd Elen Benfelen o'u gweld nhw, ac addawodd na fyddai hi byth bythoedd yn crwydro ar ei phen ei hun eto.

Siôn Ddiog

Erstalwm iawn, roedd bachgen o'r enw Siôn yn byw gyda'i fam. Roedden nhw'n dlawd, dlawd, *dlawd*. Enillai mam Siôn rywfaint o arian drwy nyddu gwlân, ond un sobor o ddiog oedd Siôn. Yn yr haf byddai'n gorweddian yn yr haul, ac yn y gaeaf swatiai wrth y tân. Fyddai o byth yn gweithio.

O'r diwedd, gwylltiodd ei fam. "Siôn Ddiog!" meddai hi, "mae'n hwyr glas iti ddechrau gweithio er mwyn ennill tipyn o arian. Neu mae'n bryd iti adael cartref."

Wel, roedd Siôn yn fodlon ei fyd gartref a doedd o ddim eisiau gadael, felly, drannoeth aeth i chwilio am waith. Cafodd waith gan ffermwr a dalodd un geiniog iddo ar ddiwedd y dydd. Ond ar ei ffordd adref collodd Siôn y geiniog.

"'Rhen ffŵl hurt iti," dwrdiodd ei fam. "Ddylet ti fod wedi ei rhoi hi yn dy boced."

"Gofia i'r tro nesa," addawodd Siôn.

Y diwrnod wedyn, aeth Siôn i weithio ar fferm arall a chafodd lond jŵg o lefrith yn gyflog. Gwthiodd Siôn y jŵg i'w boced. Ond erbyn iddo gyrraedd adref, roedd y llefrith i gyd wedi slotian allan ac wedi gwneud andros o lanast o'i ddillad.

"'Rhen ffŵl hurt iti!" dwrdiodd ei fam. "Ddylet ti fod wedi ei gario ar dy ben."

"Gofia i'r tro nesa," addawodd Siôn.

Drannoeth, aeth Siôn i weithio i ffermwr arall. Cosyn mawr o gaws melyn oedd ei gyflog y tro hwn.

Cofiodd Siôn beth roedd ei fam wedi'i ddweud, a rhoi'r cosyn ar ei ben. Ond erbyn iddo gyrraedd adref roedd y caws wedi toddi dros ei wallt ac wedi diferu i lawr ei wyneb.

"'Rhen ffŵl hurt iti!" dwrdiodd ei fam. "Ddylet ti fod wedi ei gario yn dy ddwylo."

"Gofia i'r tro nesa," addawodd Siôn.

Drannoeth aeth Siôn
i weithio i bobydd a
roddodd gath wryw
fawr iddo'n gyflog.
Felly gofalodd Siôn
gario'r gath yn ei
ddwylo.

Ond chwyrnodd a phoerodd
y gath gan gripio a strancio
a bu'n rhaid i Siôn ei gollwng.

"'Rhen ffŵl hurt
iti!" meddai ei fam.
"Ddylet ti fod wedi
clymu darn o linyn
amdani a'i thynnu
adref tu ôl iti."

"Gofia i'r tro nesa,"
addawodd Siôn.

Drannoeth, aeth Siôn i weithio i gigydd a roddodd ddarn mawr o gig iddo. Clymodd Siôn ddarn o linyn am y cig a'i lusgo adref tu ôl iddo. Ond erbyn iddo gyrraedd adref roedd y cig yn rhy fudur i'w fwyta ac wedi'i ddifetha. Doedd o'n dda i ddim.

Roedd ei fam o'i cho'n las. Fedren nhw fod wedi cael cig rhost hyfryd i swper, ond nawr byddai'n rhaid iddyn nhw wneud y tro efo bresych wedi eu berwi unwaith yn rhagor.

"O! Rwyt hi'n hurt bost, wyt wir!" gwaeddodd. "Ddylet ti fod wedi ei gario ar d'ysgwydd."

"Gofia i'r tro nesa," addawodd Siôn.

Y dydd Llun wedyn, aeth Siôn i weithio i ddyn oedd yn prynu a gwerthu anifeiliaid yn y farchnad. Cafodd ful ganddo am weithio'n galed drwy'r dydd.

Roedd Siôn yn benderfynol o wneud y peth iawn y tro hwn. Straffagliodd a bustachodd nes llwyddo o'r diwedd i godi'r mul ar ei ysgwyddau. Gydag un llaw

yn cydio'n dynn yn ei ben, a'r llall yn gafael yn ei gynffon, cychwynnodd am adref.

Ar ei ffordd roedd yn rhaid i Siôn fynd heibio i gartref dyn cyfoethog iawn a'i ferch brydferth. Roedd y ferch yn fud a byddar ac yn drist iawn. Roedd meddygon wedi dweud na fyddai hi byth yn clywed nac yn siarad nes y byddai rhywun yn gwneud iddi chwerthin.

Roedd pobl wedi rhoi cynnig ar bob math o driciau, ond doedd dim byd yn tycio. O'r diwedd, roedd ei thad wedi addo y byddai'r dyn cyntaf a lwyddai i wneud iddi chwerthin yn cael ei phriodi hi ac yn etifeddu ei holl gyfoeth.

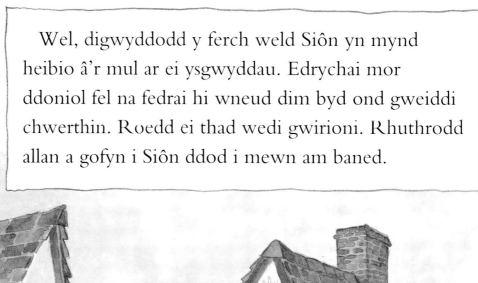

Wel, digwyddodd y ferch weld Siôn yn mynd
heibio â'r mul ar ei ysgwyddau. Edrychai mor
ddoniol fel na fedrai hi wneud dim byd ond gweiddi
chwerthin. Roedd ei thad wedi gwirioni. Rhuthrodd
allan a gofyn i Siôn ddod i mewn am baned.

Pan ollyngodd Siôn y mul, carlamodd i ffwrdd. Ond doedd dim ots ei fod wedi colli cyflog diwrnod unwaith eto, oherwydd syrthiodd Siôn a'r eneth dros eu pen a'u clustiau mewn cariad a daeth Siôn yn ŵr cyfoethog. Roedden nhw'n byw mewn tŷ mawr, hardd a daeth mam Siôn i fyw atyn nhw. Ddywedodd hi ddim fod Siôn yn ddiog nac yn hurt byth wedyn!

Y Tri Bwch Gafr

UNWAITH roedd tri bili-bwch gafr, un mawr, un llai, ac un bach.

Roedd y tri wedi bwyta pob blewyn glas oedd ar y bryn lle roedden nhw'n byw ac roedden nhw ar lwgu. Tu hwnt i'r afon roedd bryn arall lle tyfai digon o laswellt gwyrdd, hyfryd. Syllai'r tri arno gan ddyheu am gael mynd yno i bori. Ond roedd yr afon yn ddofn ac yn beryglus, a'r unig bont yn cael ei gwarchod gan ellyll erchyll. Doedd neb yn llwyddo i groesi'r bompren oherwydd ei fod yn bwyta pwy bynnag fentrai roi cynnig arni.

Syllai'r tri ar y glaswellt gwyrdd, hyfryd. Roedd yn tynnu'r dŵr o'u dannedd.

O'r diwedd, fedrai'r bili-bwch gafr lleiaf ddim dioddef rhagor.

Cychwynnodd ar draws y bompren, a'i garnau'n mynd TRIP-
TRAP, TRIP-TRAP yn fân ac yn fuan. Roedd o hanner y ffordd
drosodd pan gamodd yr ellyll erchyll, ffyrnig allan a'i rwystro.

"Pwy sy'n meiddio croesi fy mhont i?" rhuodd yr ellyll.

"Dim ond fi, Bili-Bwch Gafr Bach," atebodd y bwch gafr bach.
"Mynd i fwyta'r glaswellt gwyrdd, hyfryd ar yr ochr arall ydw i."

"O, nac wyt, dwyt ti ddim," rhuodd yr ellyll, "oherwydd *dwi'n*
mynd i dy fwyta *di*!"

"I be'r ei di i'r drafferth o wneud hynny?" gofynnodd y Bili-Bwch Gafr Bach. "Hen beth pitw bychan bach ydw i. Waeth iti aros nes daw fy mrawd hŷn drosodd. Mae o'n fwy ac yn dewach na fi, ac fe gei di well pryd o lawer."

"Syniad da," meddai'r ellyll, a gadawodd i'r Bili-Bwch Gafr Bach groesi. "Ac mi fedra i," chwarddodd wrtho'i hun, "lowcio'r un bach pan ddaw o'n ôl. Ga i *ddau* bryd o fwyd felly!"

Cyn bo hir, daeth y Bili-Bwch Gafr Llai a'i garnau'n mynd TRIT-TROT, TRIT-TROT ar y bompren. Roedd o hanner y ffordd ar draws pan neidiodd yr ellyll erchyll, ffyrnig allan a'i rwystro.

"Pwy sy'n meiddio croesi fy mhont i?" rhuodd yr ellyll.

"Dim ond fi, y Bili-Bwch Gafr Llai," meddai'r Bili-Bwch Gafr Llai. "Mynd i fwyta'r glaswellt gwyrdd, hyfryd ar yr ochr arall ydw i."

"O nac wyt, dwyt ti ddim!" chwyrnodd yr ellyll, "oherwydd *dwi'n* mynd i dy fwyta *di*!"

"I be'r ei di i'r drafferth o wneud hynny?" meddai'r Bili-Bwch Gafr Llai. "Dwi'n ddim byd ond croen am yr asgwrn. Pam nad arhosi di am dipyn bach? Mae fy mrawd mawr i ar ei ffordd. Mae o'n fwy ac yn dewach na fi, ac fe gei di well pryd o lawer!"

"Syniad da," meddai'r ellyll, a gadawodd i'r Bili-Bwch Gafr Llai groesi'r bompren.

"Ac fe fedra i," chwarddodd yr ellyll barus wrtho'i hun, "fwyta'r un llai hefyd, pan ddaw yn ôl. Ga i *dri* phryd o fwyd felly!"

Yna daeth Bili-Bwch Gafr Mawr **TRAMP–TRAMP, TRAMP–TRAMP** ar draws y bompren. Roedd o hanner y ffordd drosodd pan neidiodd yr ellyll erchyll, ffyrnig allan a'i rwystro.

"Pwy sy'n meiddo croesi fy mhont i?" rhuodd yr ellyll.

"Fi, Bili-Bwch Gafr Mawr," meddai Bili-Bwch Gafr Mawr, "Mynd i fwyta'r glaswellt gwyrdd, hyfryd yr ochr arall ydw i."

"O nac wyt, dwyt ti ddim," rhuodd yr ellyll, "oherwydd *dwi'n* mynd i dy fwyta *di*!"

"Wyt ti wir?" gwaeddodd Bili-Bwch Gafr Mawr, a phlygu ei ben i dwlcio.

Rhoddodd yr ellyll un sgrech fawr a rhuthro at Bili-Bwch Gafr Mawr.

Ond roedd Bili-Bwch Gafr Mawr yn ddewr ac aeth yn ei flaen. Daliodd yr ellyll ar ei gyrn a'i luchio dros y bompren.

A syrthiodd yr ellyll
　　i lawr,
　　　　ac i lawr,
　　　　　　i ganol yr afon ddofn, a welwyd dim golwg ohono byth wedyn.

Croesodd Bili-Bwch Gafr Mawr y bompren at ei frodyr ar y bryn. Bu'r tri yn pori'n brysur yn y glaswellt gwyrdd, hyfryd drwy'r dydd, a doedd neb i'w rhwystro pan aethon nhw adref y noson honno.

Cyw Clwc

Un bore braf roedd Cyw Clwc yn y coed pan syrthiodd mesen ar ei ben.

"O, brensiach! Mae'r awyr yn syrthio!" gwaeddodd Cyw Clwc. "Mae'n rhaid i mi roi gwybod i'r Brenin." Felly i ffwrdd â Cyw Clwc. Ar y ffordd gwelodd Iaci Iâr.

"Helô, Cyw Clwc, i ble'r wyt ti'n mynd?" gofynnodd.

"O! Iaci Iâr, mae'r awyr yn syrthio!" gwaeddodd Cyw Clwc. "Bore 'ma roeddwn i yn y coed pan syrthiodd yr awyr ar fy mhen ac felly dwi'n mynd i roi gwybod i'r Brenin."

"Sobor o beth!" meddai Iaci Iâr. "Ddo i efo ti."

Ac i ffwrdd â nhw efo'i gilydd.

Ar y ffordd pwy welson nhw ond Ceiliog Boliog.

"Helô, chi'ch dau! Ble rydach chi'n mynd?" holodd.

"O! Ceiliog Boliog, mae'r awyr yn syrthio!" atebodd Iaci Iâr. "Welais i Cyw Clwc. Roedd o yn y coed bore 'ma pan syrthiodd yr awyr ar ei ben, felly rydan ni'n mynd i roi gwybod i'r Brenin."

"O! Dychrynllyd!" meddai Ceiliog Boliog. "Ddo innau hefyd."

Ac i ffwrdd â nhw efo'i gilydd.

Cyn bo hir pwy welson nhw ond Heti Hwyaden.

"Helô, chi'ch tri! Ble rydach chi'n mynd?" gofynnodd.

"O! Heti Hwyaden, mae'r awyr yn syrthio!" meddai Ceiliog Boliog. "Welais i Iaci Iâr oedd wedi gweld Cyw Clwc. Roedd o yn y coed bore 'ma pan syrthiodd yr awyr ar ei ben, felly rydan ni'n mynd i roi gwybod i'r Brenin."

"O bobol bach!" meddai Heti Hwyaden. "Ddo innau hefyd." Ac i ffwrdd â nhw efo'i gilydd.

Dipyn yn nes ymlaen fe welson nhw Marlon Marlad.

"Helô, chi'ch pedwar! Ble rydach chi'n mynd?" holodd.

"O! Marlon Marlad, mae'r awyr yn syrthio!" meddai Heti Hwyaden. "Welais i Ceiliog Boliog oedd wedi gweld Iaci Iâr oedd wedi gweld Cyw Clwc. Roedd o yn y coed bore 'ma pan syrthiodd yr awyr ar ei ben, felly rydan ni'n mynd i roi gwybod i'r Brenin."

"Dyna ddifrifol!" meddai Marlon Marlad. "Ddo innau hefyd." Ac i ffwrdd â nhw efo'i gilydd.

Ar y ffordd fe welson nhw Gwerfyl Gŵydd.

"Helô, chi'ch pump! Ble rydach chi'n mynd?" holodd.

"O! Gwerfyl Gŵydd, mae'r awyr yn syrthio!" meddai Marlon Marlad. "Welais i Heti Hwyaden oedd wedi gweld Ceiliog Boliog oedd wedi gweld Iaci Iâr oedd wedi gweld Cyw Clwc. Roedd o yn y coed bore 'ma pan syrthiodd yr awyr ar ei ben, felly rydan ni'n mynd i roi gwybod i'r Brenin."

"Newyddion drwg iawn!" meddai Gwerfyl Gŵydd. "Ddo i efo chi hefyd." Ac i ffwrdd â nhw efo'i gilydd.

Doedden nhw ddim wedi mynd yn bell pan welson nhw Twrci Twmffat.

"Helô, chi'ch chwech! Ble rydach chi'n mynd?" holodd.

"O! Twrci Twmffat, mae'r awyr yn syrthio!" meddai Gwerfyl Gŵydd. "Welais i Marlon Marlad oedd wedi gweld Heti Hwyaden oedd wedi gweld Ceiliog Boliog oedd wedi gweld Iaci Iâr oedd wedi gweld Cyw Clwc. Roedd o yn y coed bore 'ma pan syrthiodd yr awyr ar ei ben, felly rydan ni'n mynd i roi gwybod i'r Brenin."

"Sobrwydd mawr!" meddai Twrci Twmffat. "Ddo innau hefyd." Ac i ffwrdd â nhw efo'i gilydd.

Dafliad carreg i lawr y ffordd, pwy welson nhw ond Llywarch
Llwynog.

"Helô, ffrindiau! Ble rydach chi'ch saith yn mynd?" holodd. Felly
fe egluron nhw i Llywarch Llwynog fod yr awyr wedi syrthio ar
ben Cyw Clwc a'u bod yn mynd i roi gwybod i'r Brenin.

"Wyddoch chi ble mae'r Brenin yn byw?" gofynnodd
Llywarch Llwynog.

"Na wyddon ni. Fedrwch chi ddweud wrthon ni, os gwelwch
chi'n dda?" atebodd pawb.

"Wrth gwrs, dowch, dilynwch fi," crechwenodd y llwynog.

Ond aeth Llywarch Llwynog â nhw ar eu hunion i'w ffau lle roedd Llyfela Llwynog a'r llwynogod bach yn aros am eu cinio.

Llyncodd y llwynogod Cyw Clwc a Iaci Iâr, Ceiliog Boliog a Heti Hwyaden, Marlon Marlad, Gwerfyl Gŵydd a Twrci Twmffat. Felly chafodd y Brenin byth wybod ganddyn nhw fod yr awyr yn syrthio i lawr.

Y Coblynnod a'r Crydd

AMSER maith yn ôl, roedd yna grydd gonest a'i wraig. Roedd o'n gweithio'n galed, galed bob dydd. Ond er hynny doedd ganddyn nhw byth ddigon o arian ac roedden nhw'n mynd yn dlotach ac yn dlotach o ddydd i ddydd. Roedd yn anodd iddyn nhw gael dau pen llinyn ynghyd.

Un diwrnod, dim ond digon o ledr ar gyfer un pâr o esgidiau yn unig oedd gan y crydd. Y noson honno, yn ôl ei arfer, torrodd y darnau lledr allan a'u gadael ar ei fainc yn barod erbyn y bore wedyn. Yna aeth i'w wely.

Yn gynnar fore trannoeth aeth at y fainc yn barod i ddechrau ar ei waith, ond yno, er mawr syndod a rhyfeddod iddo, roedd pâr o esgidiau wedi eu gorffen.

Roedden nhw'n berffaith – pob pwyth yn ei le, pob pwyth yn wastad.

Pwy oedd wedi gwneud y gwaith?

Yn ddiweddarach, daeth cwsmer i'r siop fechan. Roedd o wedi dotio at yr esgidiau ac yn fodlon iawn talu dwywaith y pris arferol amdanyn nhw. Gyda'r arian, llwyddodd y crydd i brynu digon o ledr ar gyfer dau bâr o esgidiau.

Y noson honno, torrodd y darnau lledr a'u gadael ar y fainc yn barod erbyn bore drannoeth. Pan gododd yn y bore, unwaith yn rhagor roedd y gwaith wedi'i orffen! Yno ar y fainc roedd dau bâr o esgidiau perffaith – pob pwyth yn ei le, pob pwyth yn wastad.

Daeth dau gwsmer y bore hwnnw a thalu arian da am yr esgidiau perffaith. Yn awr gallai'r crydd dalu am ddigon o ledr ar gyfer pedwar pâr o esgidiau. Torrodd y lledr allan y noson honno ac yn y bore, yn union fel o'r blaen, roedd yr esgidiau'n barod, a gwerthodd y crydd y pedwar pâr am bris da.

Aeth hyn ymlaen am fisoedd, a'r crydd a'i wraig bellach yn gyfoethog a llewyrchus, yn dda eu byd.

Un noson, ychydig cyn y Nadolig, eisteddai'r ddau yn sgwrsio wrth y tân.

"Hoffwn i aros ar fy nhraed heno," meddai'r crydd, "er mwyn imi gael gweld pwy sy'n gwneud y gwaith sy'n gymaint o help inni."

Cytunodd ei wraig, ac felly, wedi gadael cannwyll yn olau ar y fainc lle'r oedd y lledr, aeth y ddau i guddio tu ôl i'r llenni, ac aros.

Fel roedd y cloc yn taro hanner nos, llithrodd dau goblyn
bychan i mewn drwy dwll yn y drws. Er ei bod hi'n bwrw eira
ac yn ddeifiol o oer tu allan, doedd gan y coblynnod ddim
cerpyn o ddillad amdanynt!

Dringodd y ddau ar fainc y crydd a dechrau chwyrlïo gweithio. Pwytho a churo, curo a phwytho ar andros o wib. Roedd y crydd a'i wraig wedi'u rhyfeddu.

Fuon nhw fawr o dro yn gorffen. Yno ar y fainc roedd rhes gyfan o esgidiau perffaith. Pob pwyth yn ei le, pob pwyth yn wastad! Neidiodd y coblynnod i lawr a diflannu drwy'r twll yn y drws.

Fore trannoeth, meddai gwraig y crydd, "Mae'r bobl fach yna wedi ein gwneud ni'n gyfoethog ac yn gysurus iawn ein byd. Fe ddylen ni wneud rhywbeth iddyn nhw. Does gan y pethau bach ddim dillad i'w cadw'n gynnes. Fe wna i grys bach bob un, a chôt, gwasgod a phâr o drowsus, ac fe gei dithau wneud pâr o esgidiau bychan iddyn nhw."

"Syniad ardderchog," meddai'r crydd. Aeth i ddewis y lledr harddaf, mwyaf ystwyth, ar gyfer yr esgidiau bychain tra oedd ei wraig yn chwilota yn ei basged wnïo am y darnau mwyaf lliwgar o ddefnydd oedd ganddi.

Cychwynnodd y ddau ar y gwaith, yn pwytho a gwnïo.

O'r diwedd, erbyn Noswyl Nadolig, roedd y dillad yn barod.
Gosododd y crydd a'i wraig bob dilledyn allan ar y fainc yn lle'r
darnau o ledr.

Yna cuddiodd y ddau eto y tu ôl i'r llenni, ac aros.

Hanner nos . . . a dyma'r coblynnod yn ymddangos drwy'r twll yn y drws ac yn mynd i ddechrau gweithio. Ond yn lle darnau o ledr, beth oedd ar y fainc ond dilladau bychain. Fel fflach, gwisgodd y ddau amdanynt. Roedd popeth yn ffitio'n berffaith – ddim yn rhy dynn, ddim yn rhy llac. Roedd y coblynnod wedi gwirioni!

Dawnsiodd y ddau o amgylch y gweithdy ac allan drwy'r twll yn y drws, allan i'r stryd oedd yn wyn dan eira, ac i ffwrdd â nhw.

Welodd y crydd a'i wraig ddim golwg o'r coblynnod byth wedyn. Ond byth ers hynny, esgidiau'r crydd hwnnw oedd y gorau drwy'r wlad i gyd, ac ni fu'r crydd na'i wraig byth yn dlawd wedyn.

Y Diwedd